JN225385

作★綾音いと
絵★オチアイトモミ

おはなしにでてくるのは このふたり（と、いっぴき）

エレナ

ルーランド王国の
お城にすんでいる
プリンセス

★ たんじょう日 ★
10月13日

★ 好きなこと ★
うたうこと、ぼうけん

★ ともだち ★
ねこのルル

★ モーニングルーティン ★
まどをあけて、
ことりにあいさつするの

★ とくいなこと ★
クッキー作り
みんなおいしいって
いってくれるわ

★ たからもの ★
おとうさまからもらった
ティアラ

★ ゆめ ★
せかいじゅうに
おともだちを作りたいな

★ 左ページになぞなぞクイズ、右ページにこたえがあるよ！　ぜんもんとけるかな？ ★

ルル
エレナのともだちの白ネコ
★ とくぎ ★
ことばをしゃべる
まほうをつかえる
★ 好きなたべもの ★
エレナが作るおかし
★ おきにいりのばしょ ★
エレナの部屋のまどべ
ココ
まほうの国アルフドールに
すむまじょ
★ たんじょう日 ★
4月26日
★ おきにいり ★
おばあちゃんに
もらったティアラ
★ なやみ ★
まほうがうまく
つかえないの
★ 好きなまほうグッズ ★
キラキラミラー
なぞなぞ① 「お姫さま」ってえいごでいえるかな？

1 お城のたかい塔

エレナ姫は、ルーランド王国のプリンセス。心のやさしいがんばりやさんです。

お城の外にはあまりでたことがなくて、ともだちは白ネコのルルだけ。

ルルはじつは、人間のことばをはなす、とくべつなネコなのです。

その日、エレナ姫はとても
たいくつしていました。

ねえルルル、なにか
たのしいことはないかしら?

ルルは、左右の目の色がちがう、
オッドアイ。

左目はブルー、右目は
イエロー。宝石みたいに
きらきらしているのです。

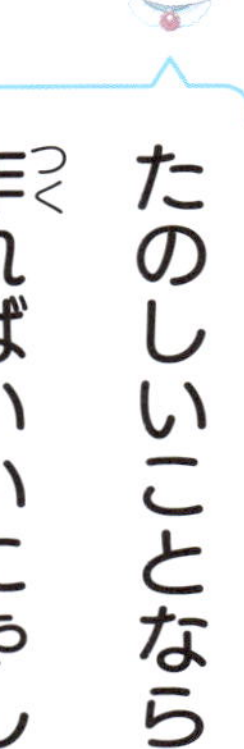

たのしいことなら
作れればいいにゃん！

ルルは、エレナ姫の部屋に
かざってあるティアラを口に
くわえると、部屋をとびだしました。

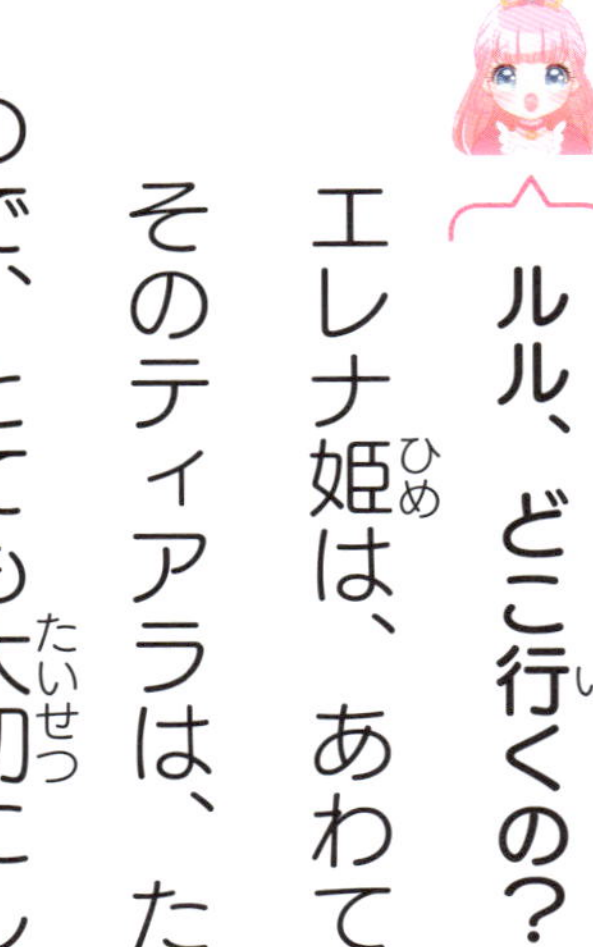

ルル、どこ行くの？

エレナ姫は、あわてておいかけます。
そのティアラは、たんじょう日に王様からおくられたもの
ので、とても大切にしていたからです。

ルルのまめちしき

ネコは100メートルを8びょうで走れるにゃん！
エレナにはぜったいまけないにゃん☆

ルルはお城のかいだんを
どんどんかけあがっていきます。
まって〜！
なぞなぞ③ お城でいちばんえらい人のけつえきがたは？

スタート
ルルをおいかけなきゃ！
ゴールまで行けるかな？

 めいろでまよっちゃった！　どうすればでられるかな？

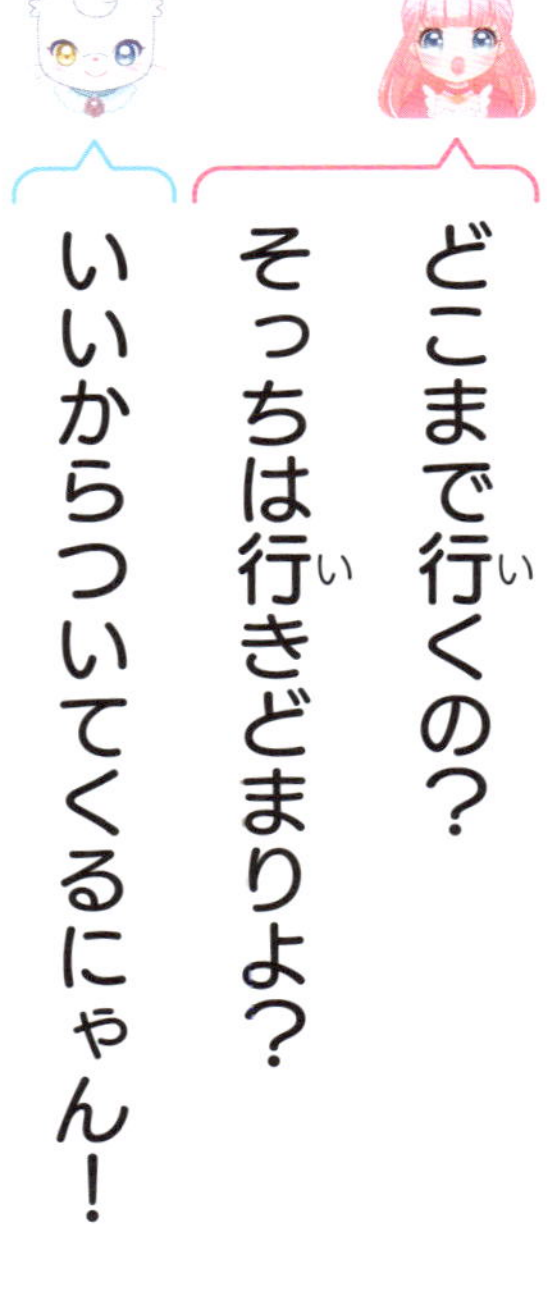

どこまで行くの？

そっちは行きどまりよ？

いいからついてくるにゃん！

むかったのは、このお城で

いちばんたかい塔。

塔へつづくとびらをあけると、

パアッと白い光が目に

とびこんできました。

なぞなぞ④の答え　左手をかべにつけたまま、かべぞいにすすむと、ぜったいゴールにつけるんだよ

2 まほうの国

まぶしい！

思わず目をつむります。
そのとき、ふわっと
さわやかな風がふきました。

目をあけて
みるにゃん

すると……。

なぞなぞ⑤ ルルのあしあとにすうじが３つかいてある！ なんだとおもう？

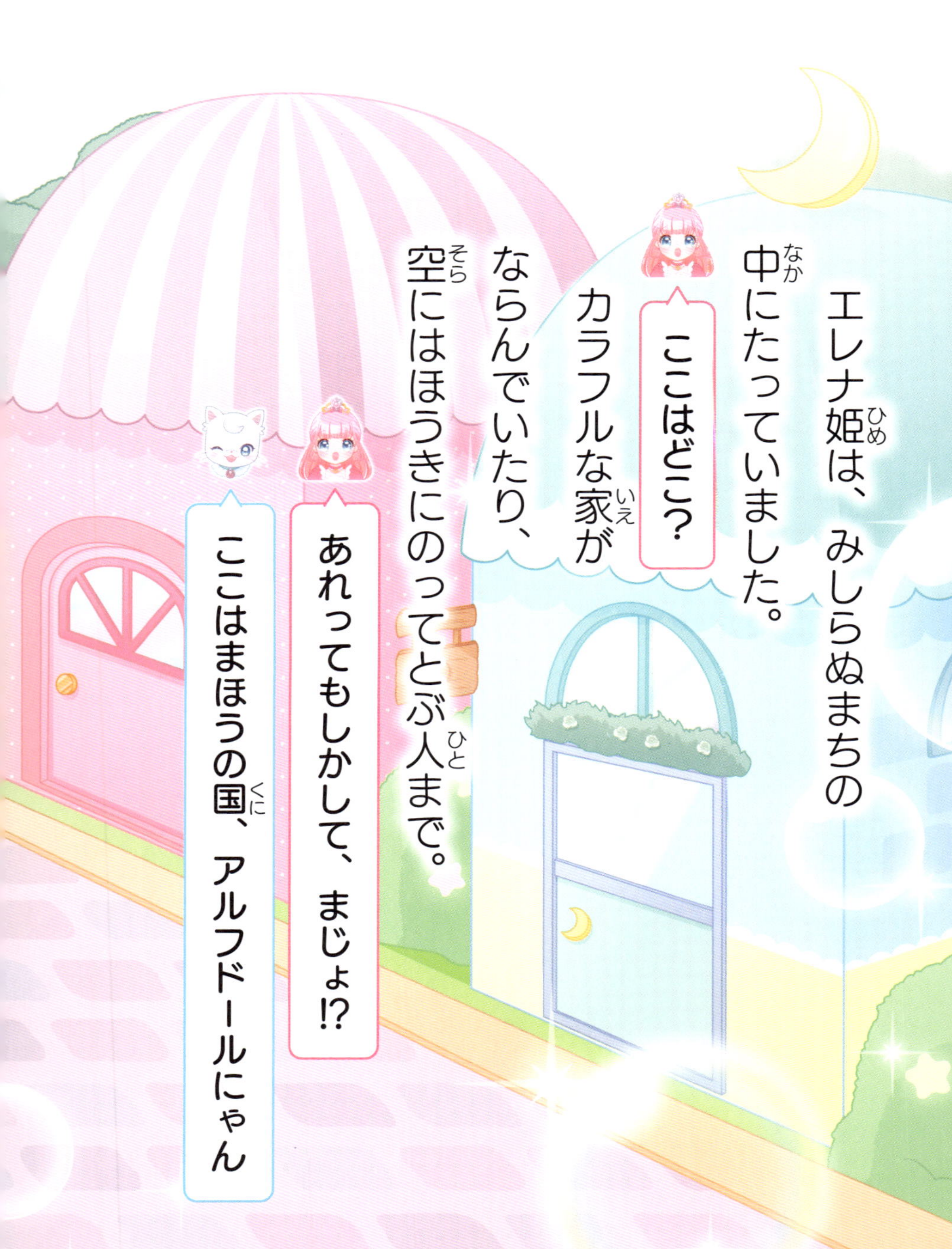

エレナ姫は、みしらぬまちの
中にたっていました。

ここはどこ？

カラフルな家が
ならんでいたり、
空にはほうきにのってとぶ人まで。

あれってもしかして、まじょ!?

ここはまほうの国、アルフドールにゃん

なぞなぞ⑤の答え　299（ネコのあしには「にくきゅう」があるんだよ）

エレナ姫は心がおどりました。
絵本でしかみたことのない
まじょに会えたのですから！
すごい！　まほうの国にきちゃった！
なぞなぞ⑥　パンをこねていたら、どうぶつがでてきたよ！　なーんだ？

エレナ姫とルルは、まちの中を
あるいてまわることにしました。

店ののきさきには、つえや、色とりどりのまほうの
くすりもおいてあります。

まほうグッズがたくさん！
絵本にあったとおりだわ！

エレナ姫は、わくわくがとまりません。

これは
まほうのつえね

手(て)にとってみると、
すっかりまじょのきぶんです。
ルルにむかって、
じゅもんをとなえて
みせました。

ちちんぷいぷい、
大(おお)きなネコにな〜あれっ！

なぞなぞ⑦　「ばばばばばばば」、このくだものなーんだ？

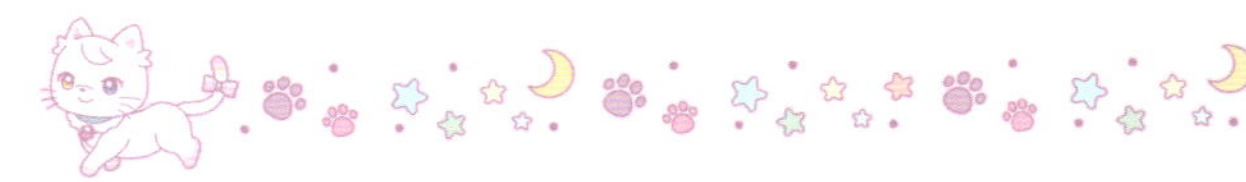

エレナはまじょじゃないから
なにもおきないにゃん。

とうぜん変身するわけなく、ルルはわらいます。

そっかあ、ざんねん！
でもたのしいわ！

たのしくなって、
なんどもなんどもつえをまわすエレナ姫。

しばらくして、エレナ姫ははっとしました。

なぞなぞ⑧　「たぬきねいり」した「たこ」が変身しちゃった！　なにになった？

しょうかい

ルルはまじかるウォッチがおきにいりにゃん！　ときどきお城のキッチンにしのびこんで、おかしを食べているのはナイショにゃん

はあとのまほうぐすり

色によって
ききめがちがうの。
ピンクは恋がかなうと
いわれているよ

キャンディハット

かぶってじゅもんを
となえると、
なんでもおかしに
かえられちゃう

はあとめがね

透視ができるめがねだよ。
はこの中にかくれている
ものもみえちゃう！

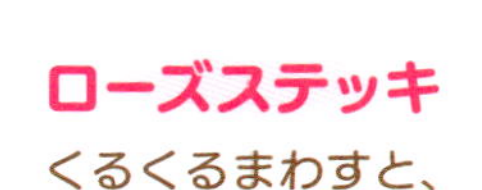

ローズステッキ

くるくるまわすと、
バラのいいかおりがただようよ

なぞなぞ⑧の答え　ねこ（「た」をぬいて、「ね」をいれたんだよ）

キャンディハットでチョコレートのプールを作って、ドーナツのうきわでおよいでみたいわ！

まほうグッズ

天使のほうき

羽がついている
とくべつなほうき。
ふつうのほうきより
たかくとべるの

まじかるウォッチ

じかんを
まきもどしたり
とめたり
できちゃう

ひみつの じゅもんノート

カギがないとあけられない、
とくべつなじゅもんが
かかれているよ

きらきらミラー

じぶんの
みらいのすがたが
みえるよ

なぞなぞ⑨　フリスビーのなかにどうぶつがいるよ。なにかわかる？

3 なくしたティアラ

エレナ姫がしんぱいになってきくと、いつもげんきいっぱいのルルがしょんぼりしていいました。

ごめんにゃん。
わからないにゃん。

ルルがくわえていたティアラは、どこへいってしまったのでしょう。

ルル、おちこまないで。
ぜったいにみつかるわ。

エレナ姫は悲しい気もちをおさえて、ルルを
はげまします。

この道をもどってさがしましょう！

エレナ姫とルルは、草むらのあいだもていねいにさがし
ながらあるきました。

それでもティアラはみつかりません。

なぞなぞ⑩　ルルから手紙がとどいたよ。「QQQ」　なんてかいてあるのかな？

あっ、上をみてにゃん！

すると、ルルが空をゆびさしました。

なんということでしょう。
空をとんでいる
まじょの頭の上に、
エレナ姫のティアラが
のっていたのです！

ルルのまめちしき

まじょはほうきにのって空をとぶにゃん。たかくとぶためのほうきもあるらしいにゃん

なぞなぞ⑪　プリンがはいってるきせつって、いつかな？

エレナ姫とルルは
いっしょうけんめいおいかけます。
まじょはエレナ姫のティアラを
のせたまま、しばらくふらふらと
とびつづけました。
それから、あちこちの木にぶつかりながら、すいーっと
ちゃくちしました。
あまり、とぶのがとくいではないみたいです。

なぞなぞ⑫　ルルから手紙がとどいたよ。「ひふへほがあるにゃん」なんてかいてあるのかな？

ほうきからおりてきたのは、むらさきのローブを着たかわいらしいまじょ。木にぶつかったせいで、からだじゅうに葉っぱがついています。

こんにちは。わたしルーランド王国からきたエレナ。

この子はルルよ。

えっと、そのティアラ……わたしのものじゃないかしら……？

エレナ姫は、まじょの頭をみていいました。

わたしはココ。

あなたのティアラだったのね！
ごめんなさい、わたしのとよくにていたから、
まちがえたみたい。

ココは、ティアラをはずすと、エレナ姫にかえして
くれました。

なぞなぞ⑬ ルルみたいな、左右の色がちがう目のこと、なんていう？

じつは…たんじょう日(び)にもらったティアラをなくしてしまったの。

やっと、みつかったと思(おも)ったのになあ。

ココはとっても悲(かな)しそうです。

なぞなぞ⑬の答(こた)え　オッドアイ（ルルのチャームポイントだにゃん）

きょうのダンスパーティーに
つけていきたかったんだ……。

エレナ姫は、ココの気もちがよくわかりました。
大切なものがなくなる悲しい気もちを、知ったばかり
だからです。

いつ、なくしたの？

3日まえ、今みたいにティアラをつけて空をとんでいたの。
でも気がついたらなくなってて……。

なぞなぞ⑭　ひよこの頭をかくしたら、ひよこはどっちをむくかな？

ココはまた悲しそうにうつむきました。
いまにもなみだがこぼれおちそうです。

わたしたちもてつだうわ！
どんなティアラか、おしえて！

エレナ姫は、そう、ていあんしました。
おなじ思いをしているココのために、力をかして
あげたくなったのです。

いっしょにさがしてくれるの？　ありがとう！
おばあさまが作ってくれた、とくべつなティアラなんだ。

なぞなぞ⑭の答え　よこ（ひよこ、で「よこ」だね！）

ココのティアラはどれかな？

①

②

③

④

ヒント1
エレナのティアラと
にているわ

ヒント2
黄色のおほしさまが
かわいいの

ヒント3
りぼんの色は
ココのかみとおなじ、
むらさきだよ

なぞなぞ⑮ くるみはくるみでも、もふもふでふわふわなくるみってなーんだ？

答え

わたしは10月生まれ！
ピンクトルマリンが
すてきなの！

わたしは4月！
おほしさまは
イエローダイヤモンドよ

ルルのまめちしき

ココもエレナも、ティアラにはたんじょう石がついてるにゃん！

あなたのたんじょう石はどれ？

- 1月　ガーネット
- 2月　アメジスト
- 3月　アクアマリン
- 4月　ダイヤモンド
- 5月　エメラルド
- 6月　パール
- 7月　ルビー
- 8月　ペリドット
- 9月　サファイア
- 10月　トルマリン
- 11月　トパーズ
- 12月　ラピスラズリ

もっているとねがいがかなうといわれているよ☆

4

まじょにへんしん

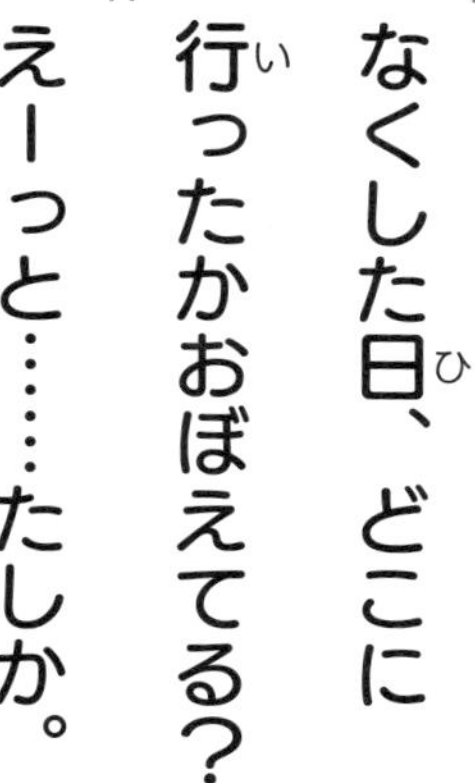

なくした日、どこに
行ったかおぼえてる？

えーっと……たしか。

家をでてから、ごつごつ
岩の上をとおって、
くねくね谷をぬけて……
それからじゃぶじゃぶの
泉に行ったの。

なぞなぞ⑯　赤色のえのぐに青色をまぜたら、どんな色になる？

ココは、いっしょうけんめい、
その日のことを思いだしながら
はなしました。

岩や谷はあるいてさがしたの？

まさか！　ごつごつ岩を
のぼるなんてきけんだし、
くねくね谷は、
こわくておりられないわ。

エレナ姫は

いっしょに
さがしましょう。

なぞなぞ⑯の答え　むらさき色（ルル：ココの色だにゃん！）

ココをじっとみつめて、
「いっしょにさがそう」
といいました。
それをきいて、ココの
目はキラキラかがやき
はじめます。
そして、エレナ姫の手を
ぎゅっとにぎりました。

ほんとうにいっしょに
行ってくれるの？
ありがとう！　うれしい！

なぞなぞ⑰　コウモリの赤ちゃんの重さってどれくらい？
①一円玉１まい　②みかん１こ　③テレビのリモコン

ほんとうは、ひとりじゃこわかったの。
エレナもいっしょにきてくれるなら、
さがしに行きたい！

そうこなくっちゃ！　でも……。

このかっこうじゃ、うごきにくいわ……。

エレナ姫はためいきをつきました。
大きくひろがるスカートに、おしゃれなエナメルのくつでは、岩山をのぼることはできません。

なぞなぞ⑰の答え　①　うまれたばかりの赤ちゃんは1gくらいなんだって！　とっても軽いね

すると、そのようすをみていたルルが、とくいげにいいました。

エレナとココ、手をつないでにゃん。

ふたりは首をかしげながら、いわれたとおりに手をつなぎます。

ルルはふたりのまえに立つと、指揮者のように大きく手をひろげ、じゅもんをとなえはじめたのです。

ルルのまめちしき

ともだちとなかよくなりたいときは、リボンにともだちのなまえをかくにゃん！（しっぽのリボンにエレナのなまえがかいてあるのはナイショにゃん）

すると、
エレナ姫のまわりに
もくもくと
白いけむりがあらわれ……。

なぞなぞ⑱の答え　今（うまの「う」が「い」になると…「いま」だね）

なぞなぞ⑲　5人でかくれんぼをしているよ。ふたりみつけたら、あとなん人みつければいいかな？

けむりがきえて、エレナ姫はびっくり！

これはどういうこと!?

さっきまでドレスを着ていたのに、いつのまにかまじょのローブに変わっていたのです！

**わあっ、おそろい！
エレナのローブ、とってもかわいい！**

ローブだけではなく、ぼうしやブーツまでココとおそろいです。

エレナ姫とココは大はしゃぎ。

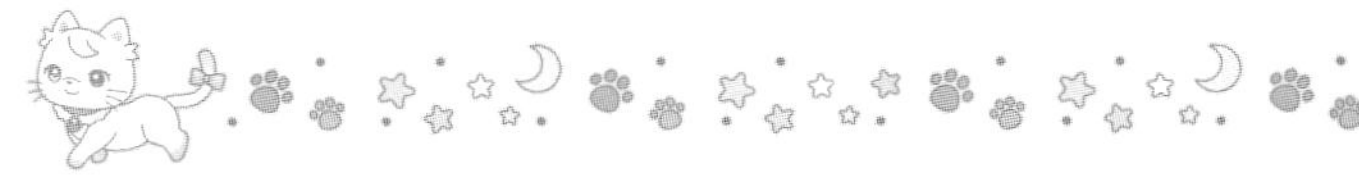
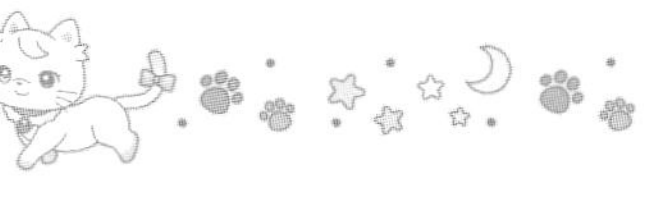
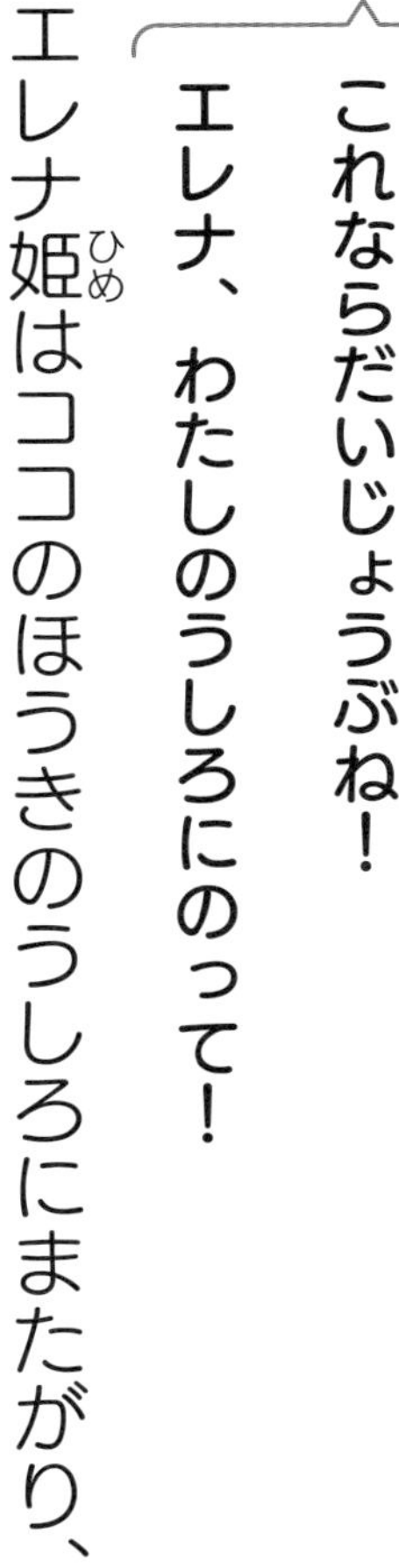

これならだいじょうぶね！　エレナ、わたしのうしろにのって！

エレナ姫はココのほうきのうしろにまたがり、ルルは
ちょこんとかたにのりました。

しゅっぱーつ！

ココの合図で、ほうきはふわりとうきあがります。

きゃあ〜〜〜！

しんぞうがうくようなかんかくに、
エレナ姫はさけび声をあげました。

なぞなぞ⑳　おなかをすかせたパンダの手にできたものって、なーんだ？

ぬりえ
好きな色でぬってね!
なぞなぞ⑳の答え
ささくれ（エレナ：パンダはササが好きなのよ）

5
森のぼうけん

エレナ姫たちをのせた
ほうきは、空にむかって
ぐんぐんのぼっていきます。

家がどんどん
小さくなっていくわ！

風がきもちいいにゃん！
あそこには
おかしの家もあるにゃん!!

なぞなぞ㉑　ぼうしの中にいるどうぶつってなーんだ？

こわかったのは最初だけ。
エレナ姫とルルは、
あっちをみたりこっちをみたり、
こうふんがおさまりません。
それもそのはず。空をとぶなんて、
生まれてはじめてなのですから。

くもを食べてみるにゃん♪

ルルはドーナツがたのくもに
りょう手をのばしますが、
くもをすりぬけてしまいます。

ルルのまめちしき

ルルはわたあめがだいすきにゃん♡
エレナはよくにじいろのわたあめをつくってくれるにゃん

あれれ？

くびをかしげるルルをみて、ココはくすくすわらいました。

なぞなぞ㉒の答え　カタツムリ（ココ：かたほうの目をつむっているのね）

さあ、もうすぐごつごつ岩にとうちゃくよ。
ざんねんだにゃ～～ん
ルルのまめちしき
★あさのおまじない★
かがみにゆびでハートをかいて「ハッピーハッピー」ってとなえると、その日はたのしくすごせるにゃん

なぞなぞ㉓　おまつりでみかけるあまくてふわふわなくもはなーんだ？

みんなは、やがて岩場におりていきました。

思ったよりあるきにくいわね。

気をつけて、しんちょうにあるかないと。

ふたりはそうっと、岩の上をあるきます。

うわあっ!!

エレナ、だいじょうぶ？　つかまって！

ころびそうになると、おたがい手をとりあって、ふたりはまえへすすみます。

あっ！　なにかある！

エレナ姫はぎんいろに光るなにかをみつけます。でも、ちかづいてみると……。

なぞなぞ㉔　ネジをしめるときは、右と左どっちにまわす？

エレナ姫はがっかりです。
そのあとも、しばらく手わけして岩のあいだを
さがしましたが、ティアラはみつかりません。

ここには落ちてないのかも。

じゃあ次は、くねくね谷に行ってみましょう。

みんなはふたたびほうきにのって、谷にむかいます。
ココは、なんだかふあんそうです。

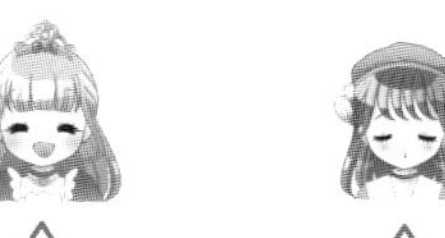

くねくね谷は、いままで一度もおりたことがない谷だからちょっとこわいわ。

いっしょならきっとだいじょうぶ！

ほうきのうしろからエレナ姫がはげますと、ココはうなずいて、しずかに谷へとおりたちました。

すこしさむいわね。

エレナ姫はうでをさすりました。

ルルのまめちしき

★ゆうきのでるおまじない★

てのひらに☆を３回かいてむねにあてると、ゆうきがわいてくるにゃん！

なぞなぞ㉕　左うでででぜったいにつかめないものってなーんだ？

うっそうとしげった木々(きぎ)の
あいだには、ちいさな川(かわ)が
ながれています。
とおくからは、いきものの
とおぼえもきこえます。
なんだか、こころぼそくなる
ばしょです。
エレナ姫(ひめ)ひとりだったら、
ぜったいにこられなかった

でしょう。

足もとをよくみながら、あるいていこう。

みおとしがないようにね。

手をつないだエレナ姫とココは、声をかけあいながら、ちゅういぶかくティアラをさがします。

そのとき……。

バサバサッ!!

黒いなにかのしゅうだんが、どこからかとつぜんあらわれたのです。みんなをかこむようにぐるぐるまわりはじめます。

エレナ姫はおどろき、頭をかかえてしゃがみこんでしまいました。

コウモリよ。谷ぞこはコウモリのすみかなの。なにもしなければだいじょうぶ。

そうだったのね。
コウモリさん、おじゃましてます。

エレナ姫のことばがつうじたのか、コウモリたちはとびたっていきました。

やがて、目のまえが明るくなってきました。

じゃぶじゃぶの泉よ！

 夜になると空をとぶことができる「もり」って？

走りだしたココのあとをおいかけると、エレナ姫の目のまえに、大きな泉があらわれました。

わあ、すてき！

太陽の光にてらされて、すいめんがキラキラ光っています。ココは泉の水をすくって、口へとはこびました。

つめたくておいしい！
のどがカラカラだったんだ。

わたしもよ。たくさんあるいたから、
すこしきゅうけいしましょう。

コウモリ

ふたりは泉の水で顔や手を
きれいにあらいます。
そして、泉のふちにごろんと
ねころがりました。
たかくてひろくて青い空が、
目にはいります。

しかたがないわ、ティアラは
あきらめる。おばあさまにも
正直にはなしてあやまるわ。

なぞなぞ㉘ 白い水がわきでていました。ここはどこでしょう？

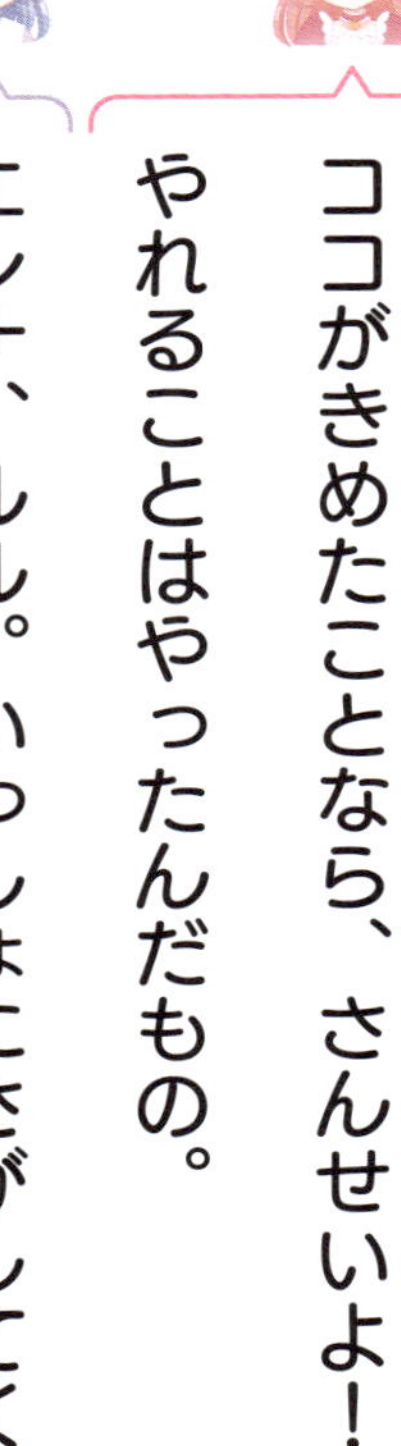

ココがきめたことなら、さんせいよ！
やれることはやったんだもの。

エレナ、ルル。いっしょにさがしてくれてありがとう！

ねころびながら顔をみあわせたそのとき、エレナ姫の
おなかが、『ぐぅ〜』となりました。

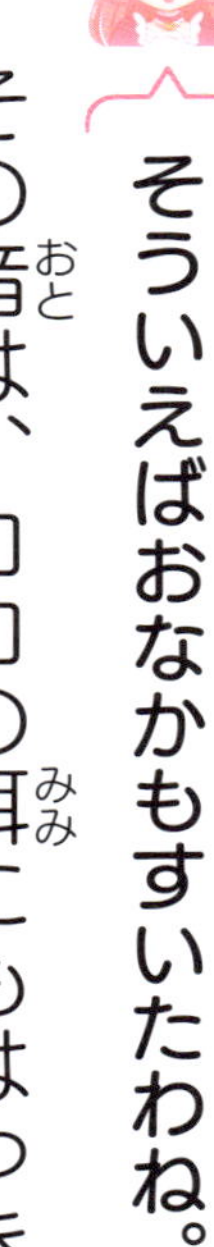

そういえばおなかもすいたわね。

その音は、ココの耳にもはっきりきこえていたようです。
ニコニコとわらったココは、おきあがると大きな木を
ゆびさしていいました。

この木のみは、すっごく甘くて
おいしいの。エレナとルルにも
食べさせてあげる。
ほんとう？ それはたのしみ！
木をゆすって、みをおとすの。
わたしが押したらエレナと
ルルはそっちから押してね。
こうごに押したら、上から
みがおちてくるはずよ。
はやく
食べたいにゃん

なぞなぞ㉙ さかさまにするとのみものになる木のみってなーんだ？

なぞなぞ㉙の答え　クルミ（ぎゃくからよむとミルク）

いわれたとおりに木をゆすると、
つぎからつぎへと
木のみがゴロゴロおちてきました。

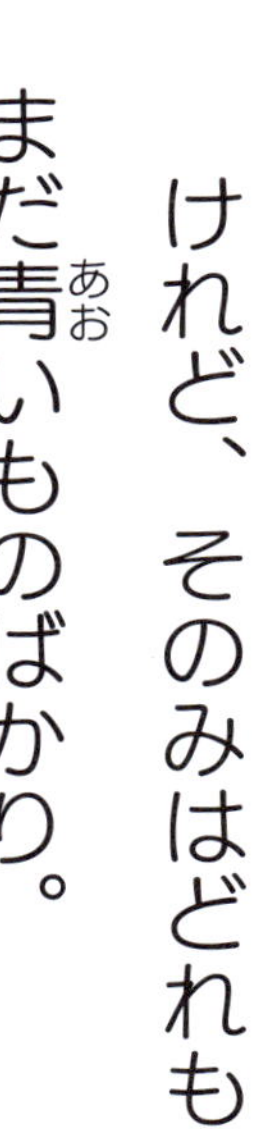

けれど、そのみはどれも
まだ青いものばかり。
とても食べられそうにありません。

ちょっとまってね。

ルルのまめちしき

木のみは色やもようによってあじがちがうにゃん。ハートのかたちがとってもかわいいにゃん！

なぞなぞ㉚　ゴロゴロおちてきたはずが、すぐなくなるものって？

とくいげな顔で、ココはつえをふりました。

スウィートスウィート！

でも、木のみにへんかはありません。

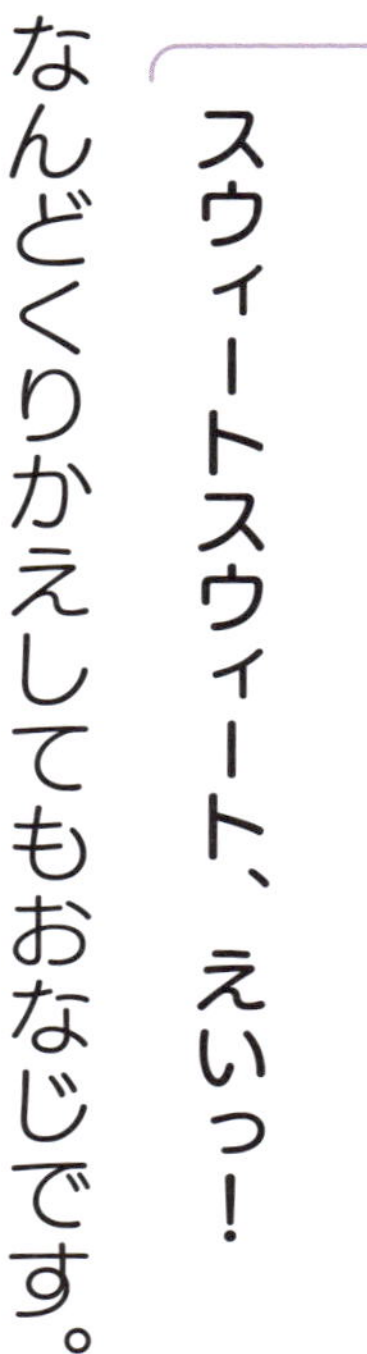

おかしいわ……。

スウィートスウィート、えいっ！

なんどくりかえしてもおなじです。

ほんとうなら、このじゅもんで
木のみが赤くなるはずなのに……。

ルルのまめちしき

ココのつえにはティアラとおなじほしがたのデザインがついてるにゃん☆
まほうをつかうと、ピカッと光るにゃん！

ココは悲しそうな声でつぶやきました。

やっぱりわたしには
まじょとしての才能がないのかも。

ララおねえさんは、
まじょ学校でいちばんの
まほうつかいなのに、
どうしてわたしはできないんだろう。
いつも失敗してばかり。
またともだちにわらわれちゃう……。

なぞなぞ㉛　「スウィート」はえいご、じゃあ「ストロベリー」はなにご？

ひざをかかえたココの目には、じんわり涙もうかんでいます。

どうしておねえさんとくらべるの？

かぞくなんだから、とうぜんでしょ？

エレナ姫は首をよこにふります。

ココとおねえさんはべつのまじょだもの。
ココはココでしょ？

やさしく声をかけて、ココの返事をまちます。

そっか、そうだよね。
なんだか気もちがかるくなったわ。ありがとう。

すると、ココに笑顔がもどってきました。そのとき
でした。

これ、すごくあまいにゃん！

どういうことでしょう。ルルのもっている
木のみが赤くなっているではありませんか。
それだけではありません。

なぞなぞ㉜　家のなかでとおせんぼをしているかぞくがいるよ！　だれかな？

おちている木のみすべてが
まっ赤に色づいていたのです！
エレナ姫とココは、顔を
みあわせました。

ココのまほう、
ちゃんときいたじゃない！

よかった〜。時間がかかったのは
わたしらしいけど。えへへ。

ココはペロッと舌をだしました。

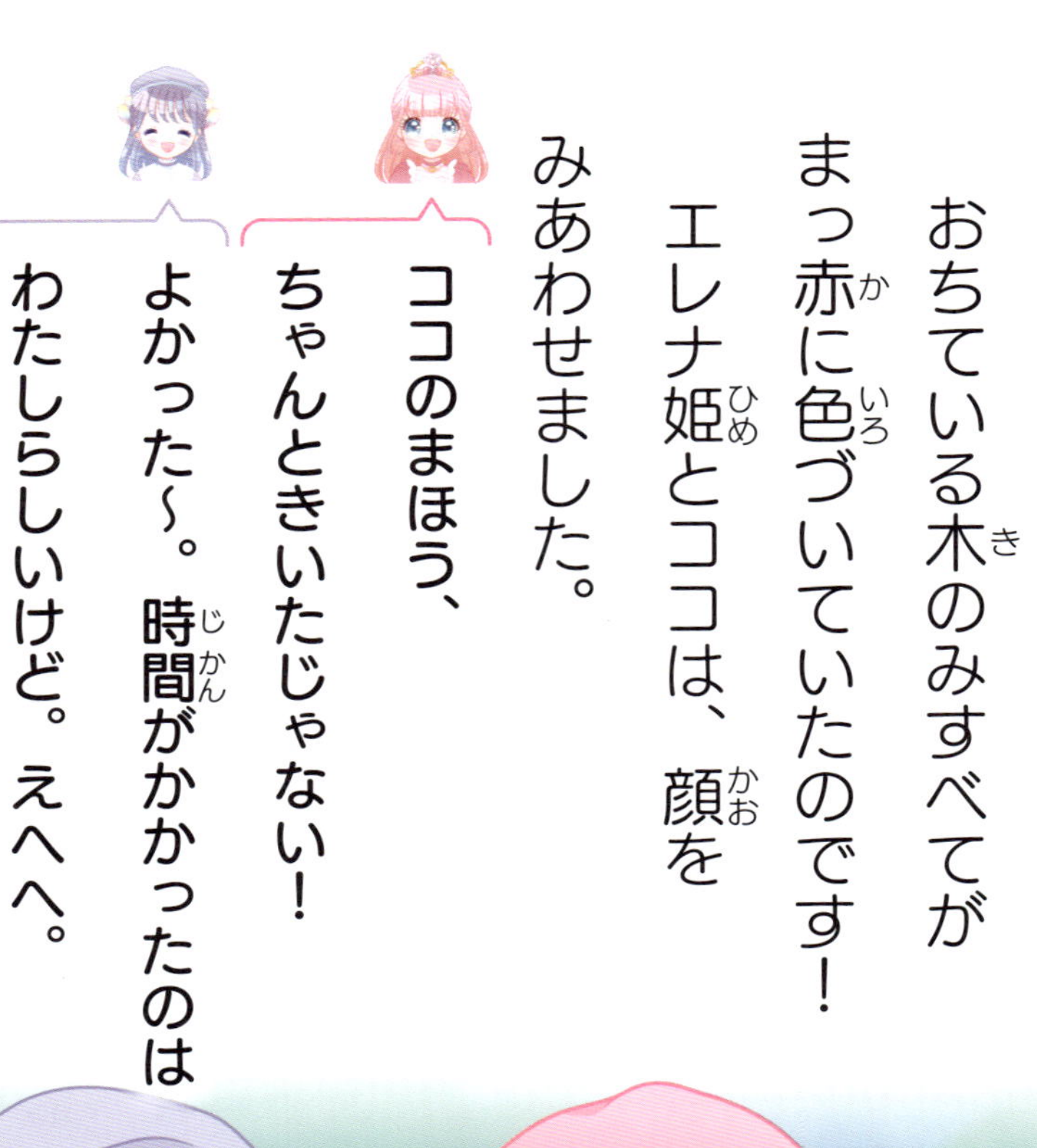

ココだって、やればできるのよ！
りっぱなまじょだわ。

ふたりは手をとりあってよろこびあい、それから木のみをおなかいっぱい食べました。

すごくあまくておいしい！
今まで食べたくだものの、どれよりも！

エレナ、ルル、きょうはありがとう。
お礼にこれからゆうえんちにしょうたいするね。

なぞなぞ㉝　男の子が５人あつまって食べている甘いものはなに？

やってみよう

レベル……★ かんたん

□□□□ にはいることばは なにかしら？
※イラストがヒントだよ

ルルヒント
まほうグッズのなまえは
18 ～ 19ページをみるにゃん

エレナ・ルル・ココといっしょに

やってみよう

レベル……★★ ちょいムズ

エレナから手紙（てがみ）がとどいたわ
とくのをてつだってほしいの！

ルルヒント

は「りす」だにゃん

なぞなぞ㉞ 星（ほし）は星（ほし）でも、赤（あか）くてすっぱい星（ほし）ってなに？

7 まほうのゆうえんち

さあ、ついたわ。
いりぐちの看板（かんばん）には
【どうぶつゆうえんち】と、
かいてあります。

どうぶつえんと
ゆうえんち？

ぬいぐるみにまほうを
かけてあって、
ほんものみたいにうごくの。

きらびやかなゆうえんちには、
ふわふわとしたどうぶつのぬいぐるみが
たくさんあるいています。
まるで、ゆめのようなばしょです。

なんてかわいいの！
まずはメリーゴーランドにのりたいわ！

エレナ姫は白い馬にこしかけました。
たのしい音楽がながれ、
馬がゆっくりあるきだします。

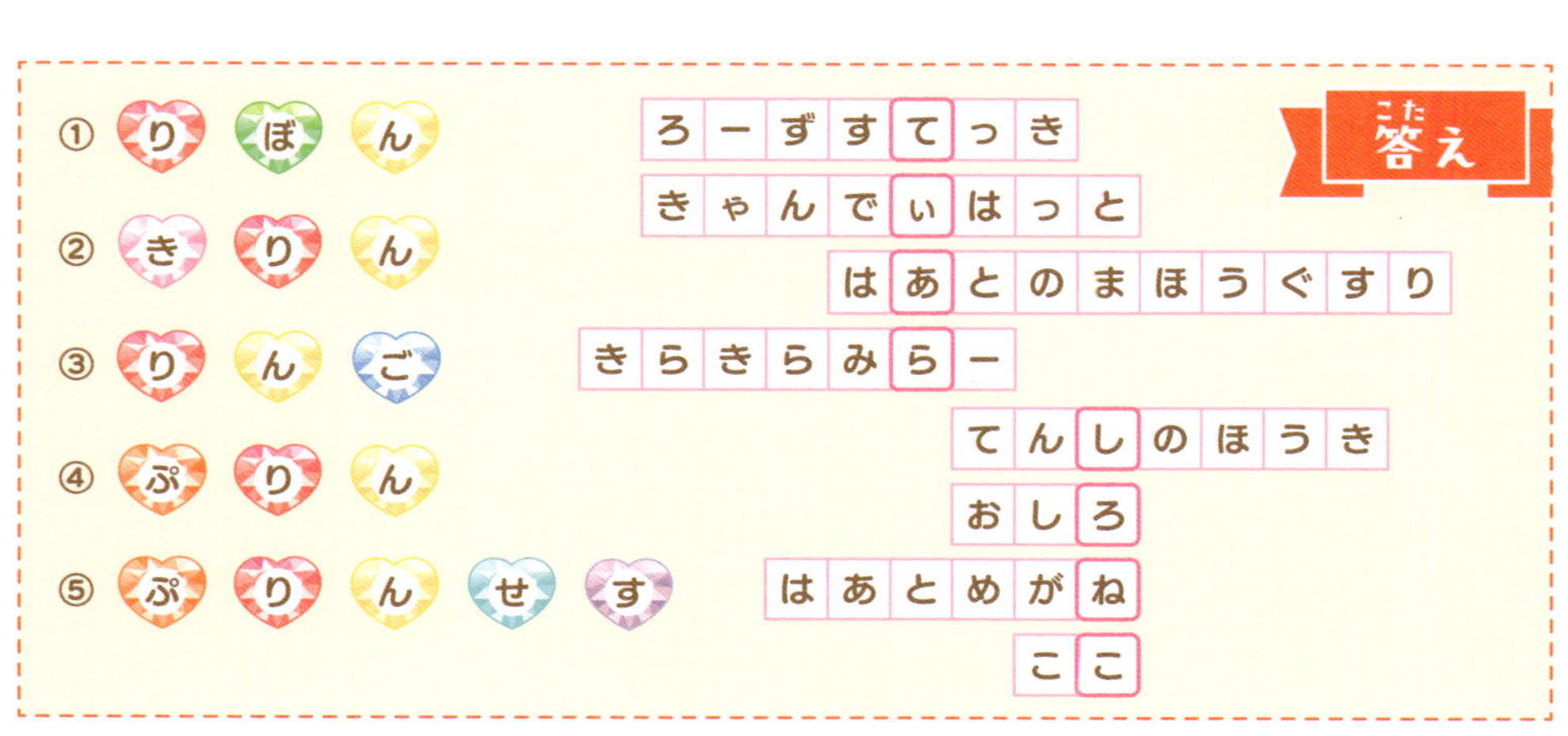

 メリーゴーランドとちがって、のっても自分であるかないといけない馬って？

やわらかいせなかは
のり心地もばつぐんです。
わあっ、すごい！
ふかふかだにゃん
ルルのまめちしき
まほうの国では、風がふくと空からにじ色のこんぺいとうがおちてくるにゃん！みんなわくわくしながらまってるにゃん☆

どうぶつえんからウサギがにげた！　しかもウマやパンダまで！

なぞなぞ㊱ にげたどうぶつはなんしゅるい？

つぎはりゅうのジェットコースターにのろう！

ココが走りだします。

エレナ、ジェットコースターのれるにゃん？

へ、へいきよっ。

エレナ姫はつよがってみせましたが、ほんとうはドキドキしていました。

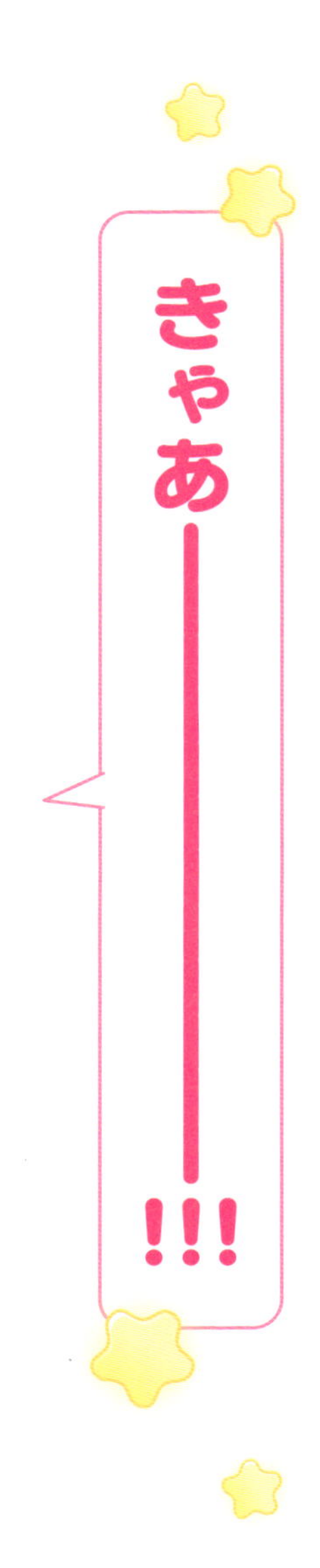

りゅうはかぜをきって、
空をびゅんびゅん
すすんでいきます。
はくりょくまんてん！
でも、こわくは
ありませんでした。

ジェットコースターって
すっごくたのしい！

なぞなぞ㊲　「りゅう」ってかんじで書いてみよう！　おてほん→龍

スワンのボートや、ライオンのバイキングなど、
たくさんののりものをたのしみました。

こんなにたのしいところがあるなんて、
まほうの国ってすごいのね！

そうだ、まほうでもっとたのしくしちゃおう！

ココはつえをだすと、空にむかって大きくひとふり。

すると、ぬいぐるみたちのうごきがピタリととまりました。

なにがおきるのか、じっとまっていると……。

どこからか、もうじゅうの声がきこえました。

きゃSSS！

さけび声もきこえてきます。

なぞなぞ㊳　てんをとると大きくなるどうぶつはなに？

それだけではありません。
ゆっくりあるいていた馬が、
パッカパッカ走りだし、
パンダはすわりこんで
ささを食べはじめたのです。

いったいどうなっているの？

あそんでいたまじょたちも、
ほうきにのってつぎつぎと
空へとびたちます。

ど、どうしよう。
わたしのじゅもんで、
ぬいぐるみがほんものの
どうぶつになっちゃった…！

ココの顔（かお）はまっ青（さお）。

え〜〜〜っ！　たいへん！
わたしたちもいそいで逃（に）げなきゃ！

そのとき、ライオンが突進（とっしん）して
くるのがみえました。

ルルのまめちしき

★ きんちょうした ★
ときのおまじない
心のなかでゆっくり「パンダパンダパンダ」ってとなえるにゃん！

さっきまで、ニコニコ顔でお客さんとふれあっていたのがうそみたいです。

「きゃあ～～～～！」

ライオンは肉食のもうじゅう。このままだと食べられちゃう！

「エレナ、ルル、のって!!」

ギリギリのところで空へとびたちました。

8 まじょのぼうし

〈ここまでくれば安心(あんしん)ね。ピンチをきりぬけてほっとしていると。

「ココ!!」

ほうきにのっておいかけてきたまじょが、こわい声(こえ)でココをよびました。

〈どうしよう、逃(に)げなきゃ!

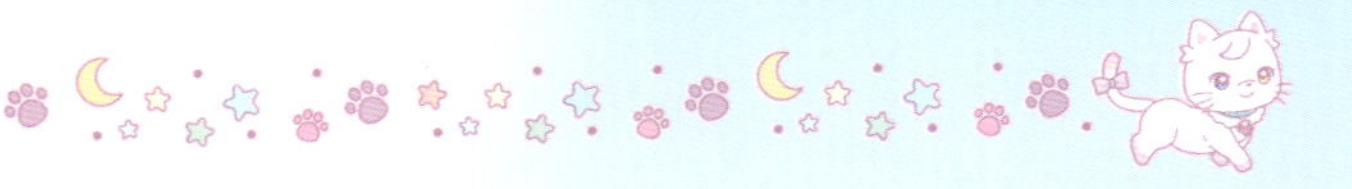

あわてたココは、バランスをくずしてひっくりかえり、そのままさかさまに……。

きゃあ～～おちる～～！

エレナ姫はぎゅっと目をつむりました。

すると地面におちる寸前で、さっきのまじょがたすけてくれました。

……ララおねえちゃん……。

なんと、このまじょはココのおねえさんだったのです。

あなた、またかってにまほうをつかったでしょ。

「……ごめんなさい。」

「どうぶつたちは、わたしが
もどしておいたから
もうだいじょうぶよ。」

「ララおねえちゃん、
ありがとう。」

それをきいてほっとした
エレナ姫(ひめ)。
ココのうしろから顔(かお)をだしてあいさつしました。

ルーランド王国のエレナです。はじめまして。

わたしのティアラをさがすのをてつだってくれたの。
そのお礼にゆうえんちにしょうたいして、
もっとたのしんでもらいたくて……。

すると、ララおねえさんの目つきが変わりました。

またティアラをさがしていたの？　まさか、ダンスパーティー
につけようなんて思っているんじゃないでしょうね。

だって、このぼうし……へなへなしていて
かっこわるいんだもん……。

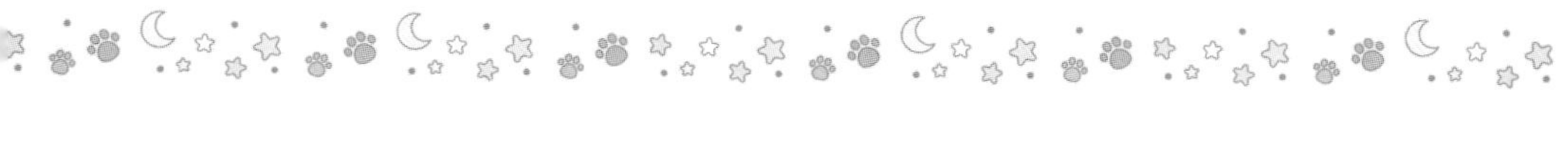

「だってじゃないわ！」

ララおねえさんはピシャリ。
さすがのココも口をつぐみます。

「このぼうしは、
ずっと昔からうけつがれてきた
大切なものなの。
わたしのぼうしも、
ココとおなじかたちなのよ。」

なぞなぞ㊷　れいぞうこの中にいる動物ってなんだとおもう？

ララおねえさんは、かぶっていたぼうしをぬいで、ココにみせました。

おねえちゃんのぼうしはステキでいいなって思ってたんだけど、おなじだったの？

ココは自分のぼうしをぬいで、みくらべます。

自信をもってかぶっていれば、りっぱなぼうしにみえるの。このぼうしがにあうようになってこそ、ほんとうのまじょになれるのよ。

ルルのまめちしき

まじょにとってぼうしはとっても大切なんだにゃん。かぶるとまりょくとやる気がアップするにゃん

なぞなぞ㊷の答え　ぞう（れいぞうこ）

なぞなぞ㊸ つめたくて、頭(あたま)やおなかがいたくなっちゃういすってなあに？

「わかった。わたし、このぼうしがにあうっていわれるようにがんばる！」

ララおねえさんのことばに、ココはすなおにうなずきます。

「やくそくよ。あまりに問題(もんだい)ばかりおこすと、まじょの試験(しけん)をうけられなくなってしまうわ。」

「もうしない！　だから……。」

「おかあさんたちには、うまくいっておいてあげる。」

最後にぱちんとウインクすると、ララおねえさんはぴゅーんとほうきで行ってしまいました。

「すてきなおねえさんね。

「うん、じまんのおねえちゃんなんだ。

ココはとってもうれしそうでした。

だってほんとうは、ララおねえさんのことが大好きなのですから。

なぞなぞ㊹ 手をあらうのがじょうずなくまは？

エレナ・ルル・ココといっしょに

さがしてみよう

レベル……★ かんたん

ティアラをまたおとしちゃったの…
みつかるかしら？

ライオンはどこかな？
ルルもどこかにかくれているよ！

なぞなぞ㊹の答え　あらいぐま。

エレナ・ルル・ココといっしょに

やってみよう

レベル……★★　ちょいムズ

じゅんばんに会(あ)って、
ゴールまで行(い)けるかな？

※ななめには行(い)けないよ！

ゴール

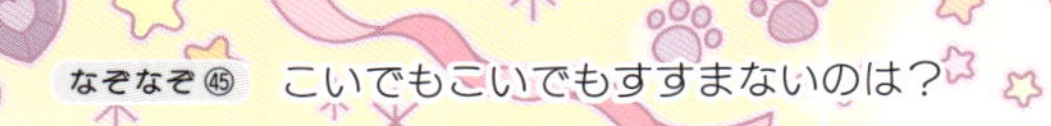

なぞなぞ㊺　こいでもこいでもすすまないのは？

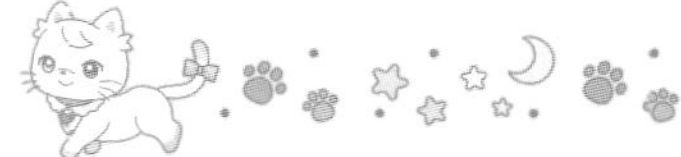

9 ココのゆうき

ずいぶんとおくまできたね。
そろそろもどろうか。

太陽がしずみはじめて、
まちへともどるとちゅう……。

ねえ！　もしかしてココの
ティアラじゃない⁉

エレナ姫は木々のあいだに、
キラリと光るものをみつけたの
です。

ほんとうだ、わたしのにまちがいない！

ふたりは大よろこびでちかくへ
いきますが……。

ようすがへんね……

もしかして……

鳥のすの中!?

ふたりの声がそろいました。
そうです。なんと、すの中のたまごを
守るようにティアラがおかれていたのです！
そのとき……。

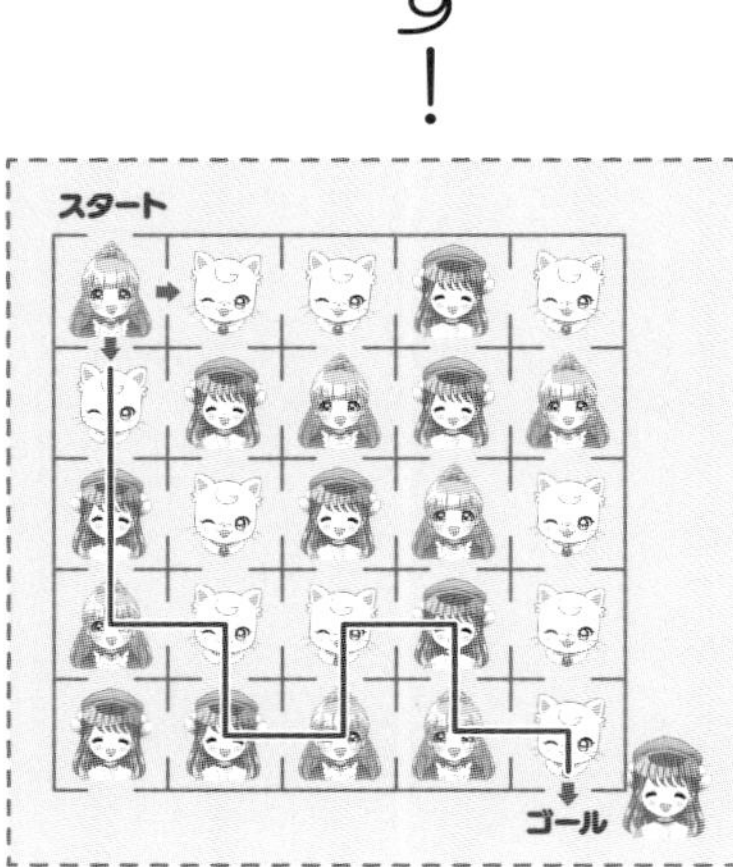

親鳥でしょうか。たまごをとられると思ったのか、エレナ姫たちをいかくします。

ふたりは、ほうきごとはじきとばされてしまいました。

どうしよう。
せっかくみつけたのに、これじゃあとりもどせないわ。

エレナ姫が頭をなやませていたとき。

……もういいわ。

ココがくるりとほうきのむきをかえたのです。

あのティアラは鳥にあげる。一度あきらめたティアラだもの。もうティアラはあの鳥のものよ。

ココのゆうきに、エレナ姫はむねがいっぱいになりました。

大切なものをてばなすのは、きっとかんたんなことじゃないでしょう。

ココ、あなたはやっぱりりっぱなまじょね。

ココのよこがおが、とてもりりしくみえました。

10 すてきなおくりもの

その夜、まほう学校でダンスパーティーがひらかれました。エレナ姫とルルも、きゃくせきから拍手をおくります。ココの頭には、もちろんあのぼうし。

昼間よりとてももりっぱにみえて、ココによくにあっていました。

たのしい時間(じかん)もあっというまにおわりです。

「とってもすてきだったわ!」

「ありがとう!」

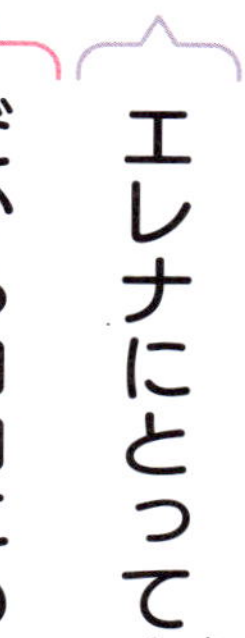

「きょうのお礼(れい)に、これをもらってくれる?」

エレナ姫(ひめ)は、頭(あたま)からティアラをはずしてわたしました。

「エレナにとって大切(たいせつ)なものなんでしょう?」

「だからココにもっていてもらいたいの。」

なぞなぞ㊽ てんをつけるとおどりだすかぐってなんーだ?

ココにはたくさんのことをおしえてもらったわ。
空をとぶこと。岩や谷をたんけんすること。
泉で顔をあらったり木のみを食べたり。

どれもお城にいたらできないことばかり。
それに、ココのゆうきにも感動したの！

エレナ、ありがとう。じゃあわたしからも。

ココはローブのポケットから、コンパクトミラーを
とりだしました。

ともだちのしるしに、これをうけとってくれる？

なぞなぞ㊾　かがみはかがみでも、お正月につかうかがみは？

ココはエレナ姫の手をやさしくにぎります。
エレナ姫にとって、ココははじめてお城の外にできたともだち。うれしくてたまりません。

ありがとう、大切にするわ！

わたしも！

それぞれもらったものを胸にだきしめます。

また会えるかしら？

きっと会えるよ！

ルルのまめちしき

★ゆうじょうのおまじない★
もちものをこうかんしておたがいに大切にすると、ずっとなかよしでいられるよ

11 たのしいおもいで

気がつくと、エレナ姫は
お城の自分の部屋にいました。
どうやら、テーブルの上に
頭をつけたまま、眠って
しまっていたようです。

あれっ!?　ココは!?

なんど目をこすっても、
ここはまほうの国ではなく、
ココもいません。

なぞなぞ㊿　はこぼうとすると手がふるえてしまうものは？

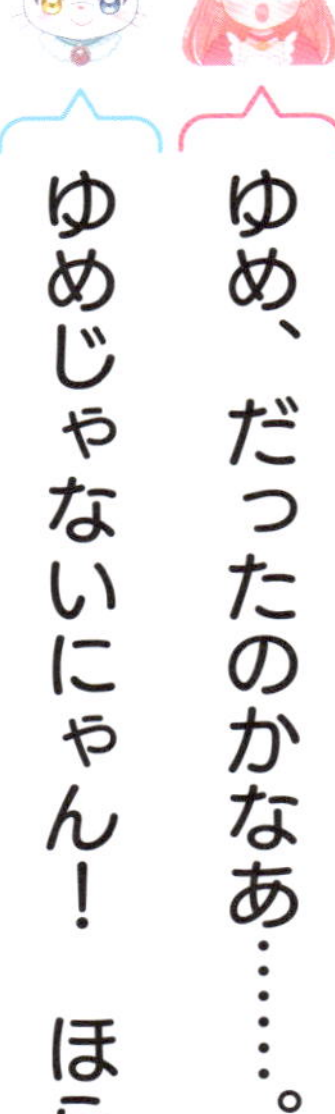

ゆめ、だったのかなあ……。

ゆめじゃないにゃん！　ほら！

エレナ姫の手には、ココからもらったコンパクトミラーがしっかりにぎられていたのです。

わたし、ほんとうにまほうの国に行ったのね。ココに会ったんだ！

コンパクトミラーをひらくと、そこにうつったのは、まほうでもかけられたようにキラキラした自分でした。

エレナ姫は、部屋をでて走りだしました。
かいだんをかけあがり、塔につづくとびらを
思いっきりひらくと……。

もうまほうの国へは行けないのね。

そこからみえたのは、いつもどおりのけしき。
緑の木々がそよぎ、とおくには川もながれて
います。

けれど、エレナ姫の心の中には、きょうの
できごとがしっかりのこっています。

なぞなぞ51　子どもしかつかえないドアってなんだ？

なぞなぞ51の答(こた)え　じどうドア（こどものことを「じどう」っていうね）

ルルはなにがいちばんたのしかった？

まっ赤な木のみがおいしかったにゃん！

ふふふ。たのしくておいしくて、とってもすてきな時間だったね

まちをみおろすエレナ姫のむねは、とてもはずんでいました。

エレナ姫とルルのふしぎな
ぼうけんは、これでおしまい。

でも、気をつけてね。

またいつか、
ルルがエレナ姫の
大切ななにかをもって、
部屋をとびだすかもしれません。

ルルのまめちしき

エレナの部屋にはかわいいものがたくさんあるにゃん♪
こんどはルルもお気にいりのアレをもって、お城の外にいこうかにゃん……☆

なぞなぞ52の答え　プリン

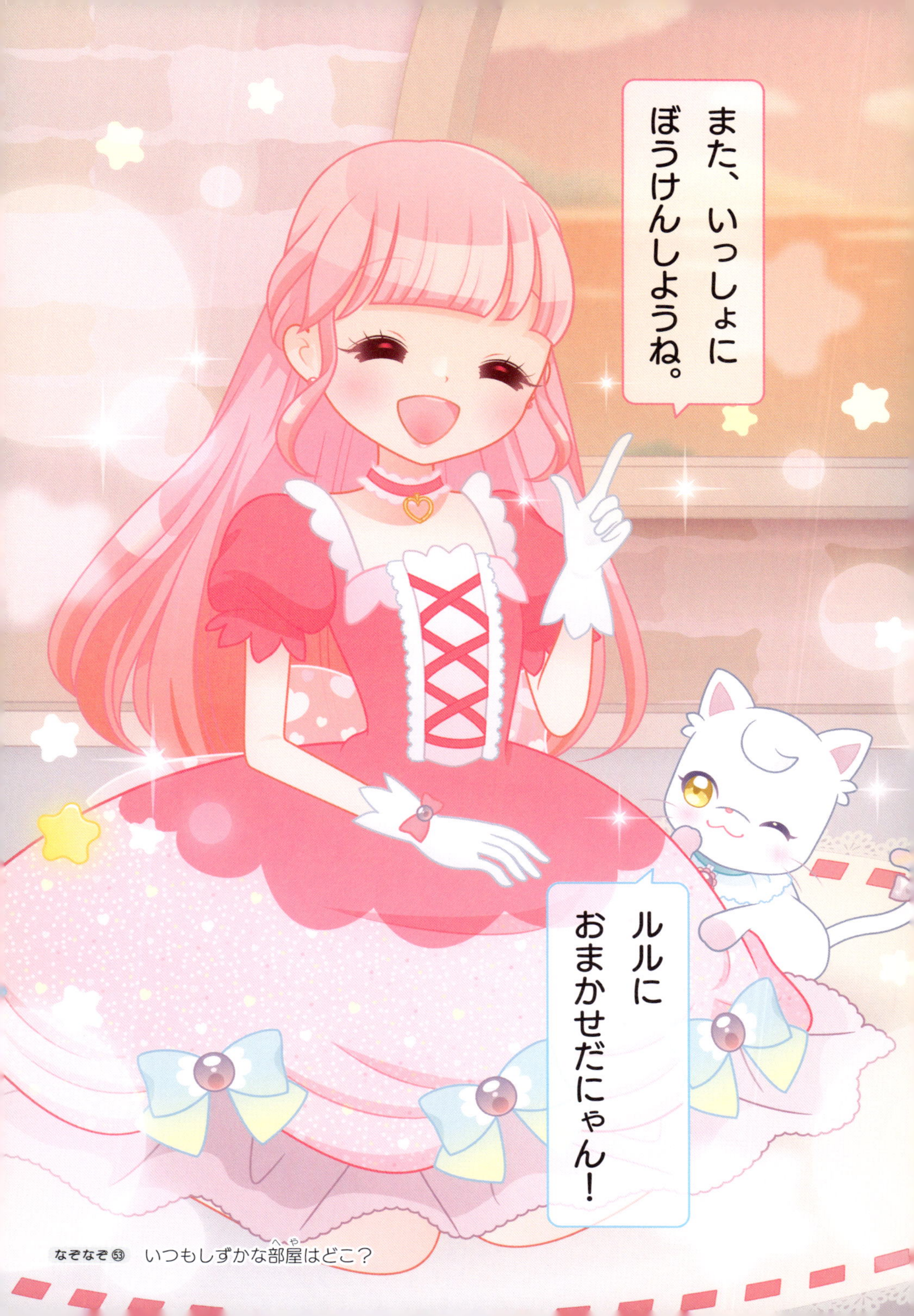

また、いっしょにぼうけんしようね。
ルルにおまかせだにゃん！

なぞなぞ53　いつもしずかな部屋はどこ？

エレナ・ルル・ココといっしょに

まちがいさがし

レベル……★★★　ゲキムズ!

ルルに変身したにせものがまぎれているみたい。
わかるかな？

エレナ・ルル・ココといっしょに

さがしてみよう

レベル★★　ちょいムズ

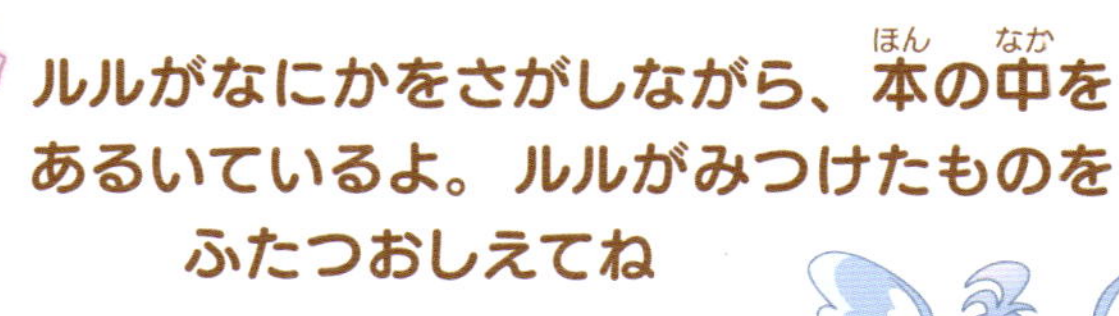

ルルがなにかをさがしながら、本の中を
あるいているよ。ルルがみつけたものを
ふたつおしえてね

本のどこかに、ココのティアラを
くわえたとりがいるよ

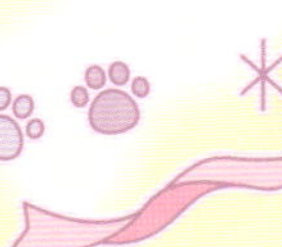

なぞなぞ53の答え　しんしつ（「しーん」）

エレナ・ルル・ココといっしょに

やってみよう

レベル……★★★★ オニムズ!

ココから手紙とどいたわ
好きなどうぶつって
なにかしら?

エレナへ
わたしの好きな
どうぶつを
あててみてね!
ココより

あなのあいたかみが3まいあるわ

この手紙にかさねてみるみたい?

エ	レ	ナ	ひ	め
の	ね	が	い	ご
と	、	こ	ん	ど
お	し	え	て	ね
❤	コ	コ	よ	り

ココヒント

3まいのあながかさなるばしょに こたえがあるよ!

なぞなぞ54 ものをみつけるのがとくいなネコってどんなネコ?

作☆綾音いと（あやね いと）

ふたご座のO型。好きな食べ物はチョコレート。
ルルみたいにかわいいネコを飼っています。名前は『にゃん』です。

絵☆オチアイトモミ

児童書を中心に活動中のイラストレーター。
甘く繊細で可愛い世界観を大切にしたイラストは、各方面で高い評価を得ている。

ルルとひみつのプリンセス
まほうの国とかがやくティアラ

2024年12月13日初版第1刷発行

著　者 ☆ 綾音いと　© Ito Ayane 2024
発行人 ☆ 菊地修一
イラスト ☆ オチアイトモミ
装　丁 ☆ 齋藤知恵子
企画編集 ☆ 野いちご書籍編集部
発行所 ☆ スターツ出版株式会社
〒104-0031 東京都中央区京橋1-3-1
八重洲口大栄ビル7F
TEL 03-6202-0386（出版マーケティンググループ）
TEL 050-5538-5679（書店様向けご注文専用ダイヤル）
https://starts-pub.jp/
印刷所 ☆ 中央精版印刷株式会社
Printed in Japan
ISBN 978-4-8137-9399-1 C8093

・－☆－☆－☆－・

ファンレターのあて先

〒104-0031　東京都中央区京橋1-3-1 八重洲口大栄ビル7F
スターツ出版（株）書籍編集部 気付　綾音いと先生
いただいたお便りは編集部から先生におわたしいたします。

なぞなぞ㊿の答え　ミケネコ（「みっけ！」）

答え

ほんもののルルは
右目が黄色だよ

ほしがたの
ペロペロキャンディー
（65ページ）

リボン
（102ページ）

23ページにいるよ

	ね			
	コ			

ココの好きな
どうぶつは「ねこ」

好きなカードをきりとって うらにねがいごととなまえをかいてね 大切にしまっておこう!

なんでもOK！かなえたいねがいをかこう
おかしづくりがうまくなりたい
好きなひととなかよくなりたい
べんきょうがとくいになりたい
たのしいじかんをすごしたい
すてきなじぶんになりたい
ひみつをまもりたい
うんどうしんけいがよくなりたい

ねがいごとと
じぶんのなまえをかこう
きっといつか、ねがいがかなうよ★

なんでもOK!
おかしづくりが うまくなりたい
好きなひとと なかよくなりたい
べんきょうが とくいになりたい
たのしいじかんを すごしたい
すてきなじぶんに なりたい
ひみつを まもりたい
うんどうしんけいが よくなりたい